我是小孩,
我有權利
參與文化

文／阿朗・賽赫
Alain Serres

圖／奧黑莉婭・馮媞
Aurélia Fronty

譯／尉遲秀

有一天，我出生了。
在一個晴朗的日子，
　　　或是雨天。

在這個國家，
或在其他地方。

一睜開眼，我就看見
好多眼睛、好多嘴巴，
　　　還有好多微笑。

我聽到溫柔的話語，
在我家人說的語言裡。

我看見不同形狀的東西，
三種，二十種，一千種……

我認得這些東西，
那是樹，那是狗，
這是房屋，這是親親……

我喜歡這些氣味，
從鍋子裡或花朵飄來的氣味。

我學著認識這些東西，
然後學著數它們。
我跟著祖父母一起唱
他們唱的歌。

8

可是我很快就對其他地方的孩子感到好奇。
我想聽懂，他們說的奇怪的話，
我想知道，他們玩著什麼遊戲？
在那裡，離我的家好遠好遠，
離他們的家好近好近，
是什麼事，讓他們笑得這麼開心？

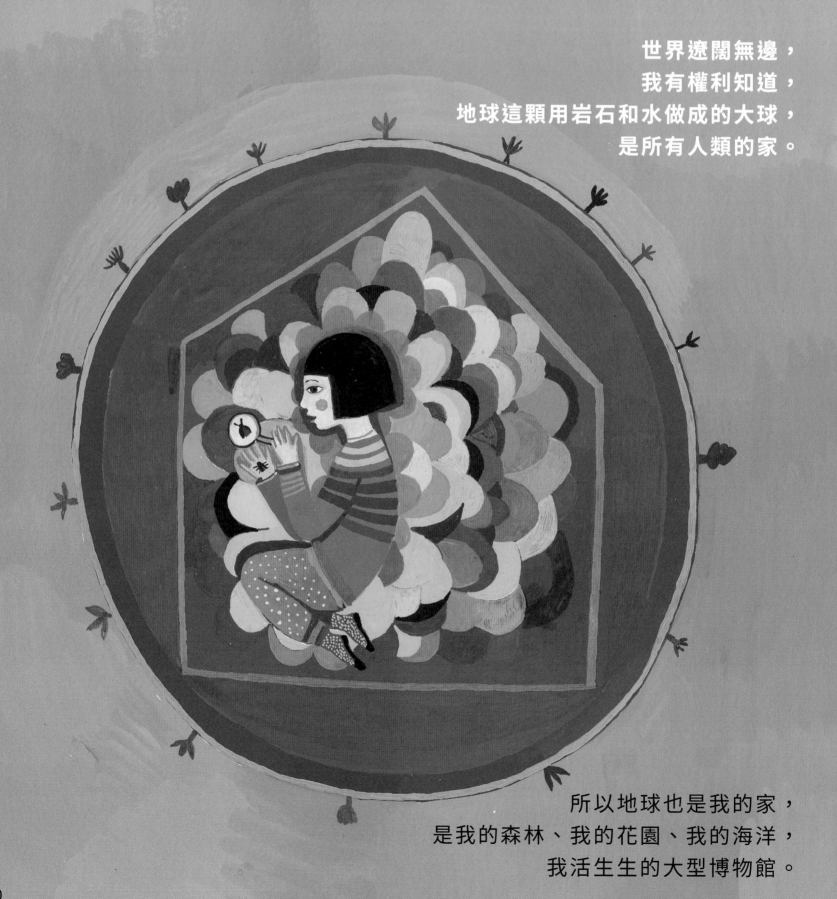

世界遼闊無邊，
我有權利知道，
地球這顆用岩石和水做成的大球，
是所有人類的家。

所以地球也是我的家，
是我的森林、我的花園、我的海洋，
我活生生的大型博物館。

我有權利知道那些祕密，
它們藏在每一朵花的心裡，
藏在每一頭大象的影子裡。
這樣，我才能好好保護
每一株植物、
每一隻動物。

即便是最小的動物。

11

我也有權利，
清楚的知道世界的歷史。

人類是怎麼學會製造工具、
衣服和茅草屋的？

人類為什麼要建造金字塔？
為什麼要樹立雕像？

人類是怎麼做到
讓帆船在水上航行？
又是怎麼畫出世界地圖的？

人類為什麼有勇氣，
跟隨天上的星星，
到陌生的陸地去旅行？

為什麼他們要為國王建造城堡，
後來又把國王推翻？

為什麼他們沒有忘記
要發明珠寶？

一個孩子如果不知道這一切，
他會無法茁壯又不快樂。

他會看著自己的手，
卻不知道這雙手是從哪兒來。

他會看著自己的腳……

卻無法想像……

這雙腳可以往哪裡走。

他不會知道，
這個世界需要他。

15

我有權利，好好的認識
幾十億顆散落在
地球周圍的星星。

也有權利知道，
觀察星星的望遠鏡
是怎麼製造出來的！
還有那些數字
究竟可以跑多遠。

嘿！
有個畫家在他的畫布上
畫一些奇怪的東西。

我問他：
「那是花朵還是星星？」

他回答我：
「畫畫的人是我，
決定的人是你！」

世界上有成千上萬間美術館，
裡面收藏了
幾十萬個藝術家的作品。

「我們可以像在花店買花那樣
買下這些作品嗎？」

「啊！不～行！
這樣的話，
之後來參觀美術館的人
就不能欣賞這些作品了。」

我們只能把感動帶回家。

參觀美術館的時候，
有時候我們也會想要畫、
想要剪、想要貼……

因為我們每個人都有權利，
喜歡創造美好的圖像，
就算我們不是大藝術家。

有些雕塑家，
會讓金屬做的飛鳥
在空中盤旋。

有些影像藝術家，
會拍攝雨傘上的蝸牛。

有些畫家，
畫的是傳統袖珍畫。

有些人則發明了
未來風格的塗鴉。

有些陶藝家，
會捏出
做鬼臉的花瓶。

有些建築師，
會在腦袋裡蓋出瘋狂的房子。

有些攝影師，
看見的東西
非常大。

有些創作者，
會想像出
新的藝術。

21

一個孩子如果不知道這一切，
如果他從來不曾繞著一座雕像轉圈圈，
如果他從來不曾用黑色的顏料，在柔軟的白紙上畫來畫去……

他會像一千隻從來不曾學飛的小鳥一樣傷心。

我有權利，
用吹笛子的聲音，
跟一隻小鳥聊天。

我有權利，
為了跟兩隻蟋蟀交朋友，
而去學拉小提琴。

我有權利，
為了讓三輛貨車留下深刻印象，
而去製作一個非洲手鼓。

或是用四隻手彈鋼琴。

我有權利，
學習我們國家的音樂。

我有權利，
創作電子音樂。

我有權利，
知道樂譜怎麼讀，
就像讀故事書那樣。

我有權利，
一邊敲著
打擊樂器，
一邊唱歌。

我有權利，
喜歡
閉上眼睛
聽音樂。

我也有權利，
推開演奏廳的大門……

25

……或是想像一個
有七十億個樂手的樂隊！

對呀！
所有的人類一起
演奏音樂……

所有的戰爭都會結束。
讚啦，各位藝術家！

我有權利愛上跳舞，
就算我是個笨手笨腳的女孩，
就算我是個愛打架的男孩。

「就算你跳起舞來像隻青蛙？」
「嘓嘓！？當然啦！這是草原上的舞會！」

我也有權利，
去看我這輩子的
第一場舞蹈表演，

以及這輩子的第二場，

還有這輩子的第一百場……

啊，還有雜耍藝人、小丑和走鋼索的人！
馬戲團的藝術家告訴我們一件事：
只要不斷練習，練習，練習，
我們就可以變得像羽毛一樣，
很輕，很輕，很輕……

有沒有這麼一天，
雜耍藝人可以讓我們的房子出去旅行，
就像飄到天空的，
泡泡，泡泡，泡泡？

詩人回答我們：

「很簡單呀！
只要把你的房子
放進肥皂泡泡……

……風就會把你的房子，
吹到喜馬拉雅山上！」

詩人和作家
創造出他們喜歡的世界，

他們用文字
玩雜耍……

……用薄薄的紙
保護他們的字句。

然後，他們的書會出現在
每一個國家的書店和圖書館裡。

我們甚至有可能在那裡遇見已經去世的作者！
他們的書還在對我們述說著
他們創造的故事。

有時候，有些字句會開始說話！
這些字句
藉由演員的聲音，
出現在劇場
或是電影裡。

「那我，
我有權利，
穿著《恐怖機械女教師》
的戲服登上舞臺嗎？」

「噢，當然可以！
全班都會為你鼓掌。」

完全沒有經歷過這些事的小孩，
當然有生氣的權利。
藝術和文化，
所有這些人類的寶藏
都是要讓大家分享的。

有太多小孩
被剝奪這些權利了。

如果他們的家庭沒有錢，
如果他們的學校太遠，
他們的小腳走起來太累，
他們就會長得不好，
就像植物被剝奪了雨水。

噢！我有個主意！
藝術家們或許可以為他們
施展一套魔法？！

用指揮棒揮三下，
用水獺毛做的水彩筆畫三筆，
再用彩色鉛筆塗三畫⋯⋯
嘿！一切都變了。

你可以想像嗎？
要是世界上每一個小孩的懷裡都有
一雙舞鞋、一盒顏料，和一張入場券，
可以去看最美麗的偶戲表演⋯⋯

可是，
如果魔術師們不懂這套把戲，
那就得讓所有人類
一起來動手變魔法！

因為兒童參加藝術活動、休閒和文化生活的權利，
都寫在《國際兒童權利公約》裡。
如果《公約》的每一個字都被大家遵守，
每一個女孩、每一個男孩就會受到尊重。

《公約》用它自己的話是這麼說的：

孩子們，所有的孩子們，
都有權利喝清潔的水，
也有權利讓美麗的音樂，
在他們的耳邊流瀉。

他們有權利吃營養均衡的食物，
也有權利享受美味可口的精神食糧。

他們生病的時候，有權利得到照顧；
他們痊癒的時候，有權利跳舞慶祝。

他們不該遭受任何形式的暴力，
相反的，他們應該認識詩歌的甜美溫柔。

兒童有權利去上學，
去發現無窮無盡的奇蹟，
並且，在藝術家的陪伴下，
學習尋找世界的美。

因為，孩子
是為了尋找
世界的美
才誕生的。

在一個晴朗的日子，
或是雨天，

在這個國家，
或在其他地方。

關於作者｜ **阿朗・賽赫** Alain Serres

一九五六年出生於法國。曾任幼兒園教師，因為孩子們給他的靈感，為孩子創作的作品已超過一百冊。他也是本書原出版社 Rue du Monde 的創辦人，他希望出版更多讓孩子能質疑和啟發想像力的書。

關於繪者｜ **奧黑莉婭・馮媞** Aurélia Fronty

一九七三年出生於法國，巴黎 Duperré 藝術學院畢業，曾任時尚圈的插畫設計家，已出版超過四十冊作品，因常於非洲、亞洲和中南美洲旅行，作品色彩鮮豔大膽，充滿熱情。

關於譯者｜ **尉遲秀**

一九六八年生於臺北，曾任記者、出版社主編、政府駐外人員，現專事翻譯，兼任輔大法文系助理教授。二十歲開始參與反核運動，長期關注性別平權運動，於二〇一七年與一群家長共同創辦「多元教育家長協會」，推動性平、法治、環境、勞動等多元領域的人權教育。

Thinking057

我是小孩，我有權利參與文化

Tous les enfants ont droit à la culture

作者｜阿朗・賽赫 Alain Serres
繪者｜奧黑莉婭・馮媞 Aurélia Fronty
譯者｜尉遲秀

字畝文化創意有限公司

社長兼總編輯｜馮季眉
責任編輯｜戴鈺娟
美術設計｜郭芷嫣

出　　版｜字畝文化／遠足文化事業股份有限公司
發　　行｜遠足文化事業股份有限公司（讀書共和國出版集團）
地　　址｜231新北市新店區民權路108-2號9樓
電　　話｜(02)2218-1417
傳　　真｜(02)8667-1065
客服信箱｜service@bookrep.com.tw
網路書店｜www.bookrep.com.tw
團體訂購請洽業務部 (02) 2218-1417 分機1124

法律顧問｜華洋法律事務所　蘇文生律師
印　　製｜中原造像股份有限公司
2020年9月　初版一刷　2024年7月　初版三刷
定價：350元　　書號：XBTH0057　　ISBN 978-986-5505-33-2